國家圖書館出版品預行編目 (CIP) 資料

我是短耳兔 / 劉思源文；唐唐圖.；-- 第二版. --
臺北市：親子天下股份有限公司, 2024.02
38面 ; 23x25公分. --（繪本；350）
國語注音
ISBN 978-626-305-671-8（精裝）

1.SHTB：自我肯定--3-6歲幼兒讀物

863.599　　112021541

這是個遲來的禮物——送給兔兔

繪本 0350
短耳兔 1
我是短耳兔
文｜劉思源　圖｜唐唐

責任編輯｜張佑旭　封面設計｜唐唐　美術設計｜林子晴　行銷企劃｜高嘉吟、張家綺
天下雜誌群創辦人｜殷允芃　董事長兼執行長｜何琦瑜
媒體暨產品事業群
總經理｜游玉雪　副總經理｜林彥傑　總編輯｜林欣靜　行銷總監｜林育菁　副總監｜蔡忠琦　版權主任｜何晨瑋、黃微真

出版者｜親子天下股份有限公司　地址｜台北市 104 建國北路一段 96 號 4 樓
電話｜（02）2509-2800　傳真｜（02）2509-2462　網址｜ www.parenting.com.tw
讀者服務專線｜（02）2662-0332　週一～週五：09:00~17:30
傳真｜（02）2662-6048　客服信箱｜ parenting@cw.com.tw
法律顧問｜台英國際商務法律事務所．羅明通律師
製版印刷｜中原造像股份有限公司
總經銷｜大和圖書有限公司　電話：（02）8990-2588

出版日期｜ 2006 年 2 月第一版第一次印行《短耳兔》
2024 年 2 月第二版第一次印行
2024 年 3 月第二版第二次印行
定價｜ 360 元　書號｜ BKKP0350P　ISBN ｜ 978-626-305-671-8（精裝）

我是短耳兔

文 劉思源　　圖 唐唐

兔子冬冬從小就知道，自己和別的白兔不一樣——
他沒有一雙又長又白的耳朵，
他的耳朵小小的、圓圓的、肥肥的。
剛開始，冬冬一點也不在意，
對一隻小兔子來說，學習怎樣找食物、
怎樣跑得快、跳得高比較重要。

但漸漸的，冬冬越來越不喜歡自己的耳朵。

他每天都纏著媽媽問：「為什麼我的耳朵和大家

不一樣？」

媽媽親親他的耳朵說：「你的耳朵很可愛、很特別呀。」

冬冬笑了，笑容像糖，甜甜的；

不過每次看到別的小兔子又長又白的耳朵，

他的笑容就消失了。

隔壁的蜜蜜安慰他：「也許你只是長得慢一點，等你長大，你的耳朵也會長大！」

冬冬每天強迫自己吃好多好多

胡蘿蔔、包心菜……，

希望快快長大。

一個月、兩個月、三個月過去，

冬冬長大了。

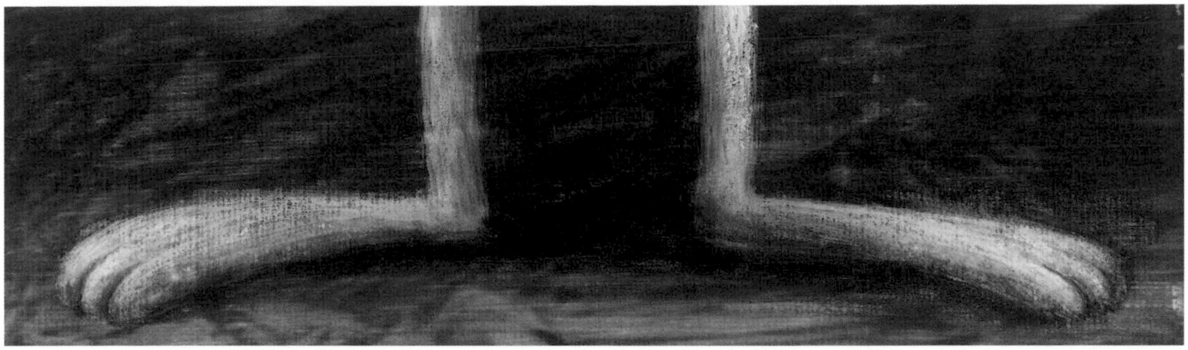

他ㄊㄚ有ㄧㄡˇ強ㄑㄧㄤˊ壯ㄓㄨㄤˋ的ㄉㄜ腿ㄊㄨㄟˇ，跳ㄊㄧㄠˋ得ㄉㄜ高ㄍㄠ、跳ㄊㄧㄠˋ得ㄉㄜ遠ㄩㄢˇ；

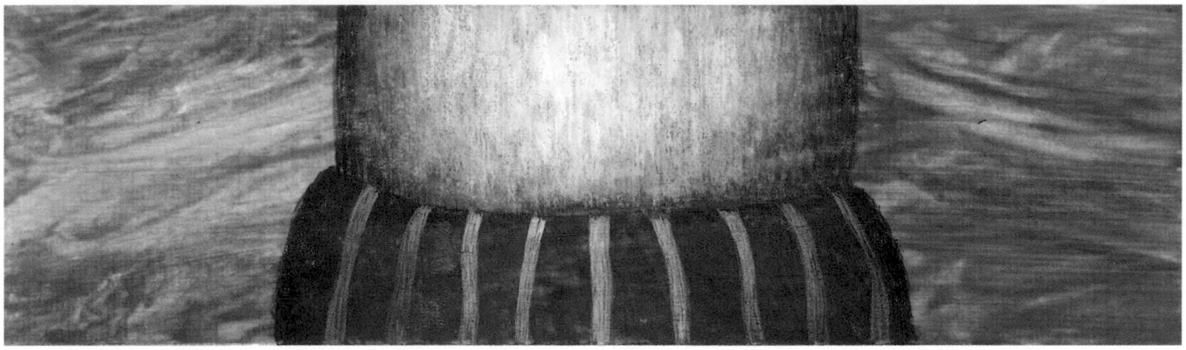

潔ㄐㄧㄝ白ㄅㄞˊ的ㄉㄜ毛ㄇㄠ，像ㄒㄧㄤˋ絲ㄙ絨ㄖㄨㄥˊ般ㄅㄢ閃ㄕㄢˇ閃ㄕㄢˇ發ㄈㄚ亮ㄌㄧㄤˋ；

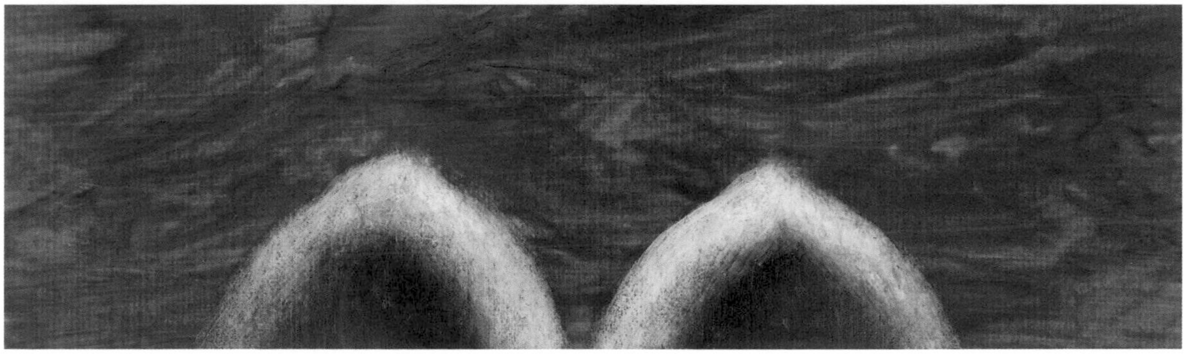

可ㄎㄜˇ是ㄕˋ他ㄊㄚ的ㄉㄜ耳ㄦˇ朵ㄉㄨㄛ沒ㄇㄟˊ有ㄧㄡˇ長ㄓㄤˇ大ㄉㄚˋ，依ㄧ舊ㄐㄧㄡˋ是ㄕˋ
小ㄒㄧㄠˇ小ㄒㄧㄠˇ、圓ㄩㄢˊ圓ㄩㄢˊ、肥ㄈㄟˊ肥ㄈㄟˊ的ㄉㄜ。

他垂耳喪氣的走進花園，蜜蜜正在晒衣服。
奇怪的是，她的鼻子上夾著一個晒衣夾。
「蜜蜜，你在晒鼻子嗎？」
「不是啦！我聽說可以用夾子把鼻子夾高一點。」
蜜蜜不好意思的說。
咦？鼻子能夾高，不知道耳朵能不能夾長一點？
冬冬請蜜蜜用夾子幫他把耳朵夾在晒衣繩上。

三天過去，冬冬的耳朵紅了、腫了、就是沒長長！

不過，冬冬不灰心。
他是隻聰明的兔子，一定能夠想出辦法。

他發現兔爸爸每天都到菜園裡澆水，
沒多久，蔬菜的葉子就長得又高又大。
對！就是這樣！他決定每天早上
為自己的耳朵澆水。

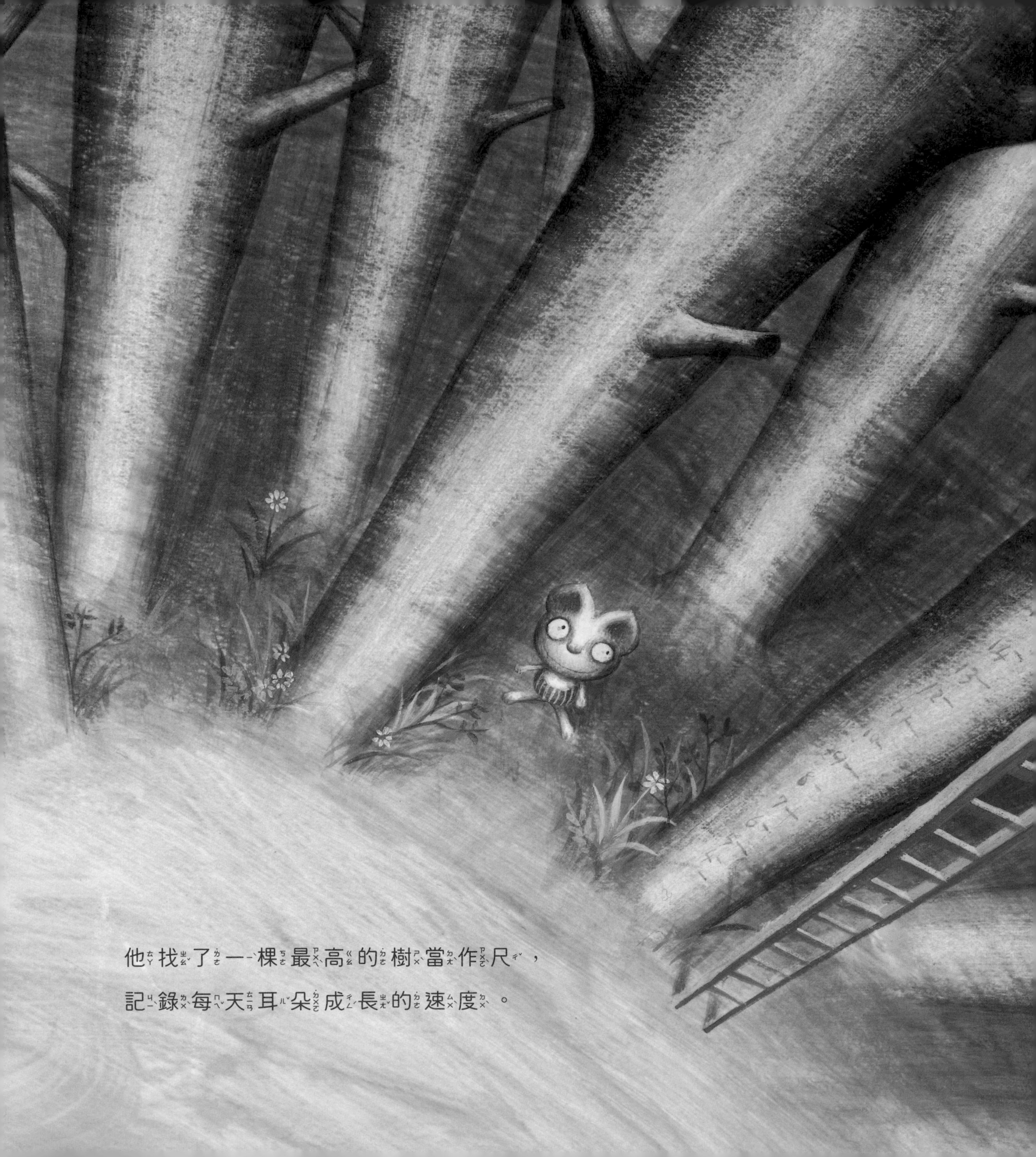

他找了一棵最高的樹當作尺，

記錄每天耳朵成長的速度。

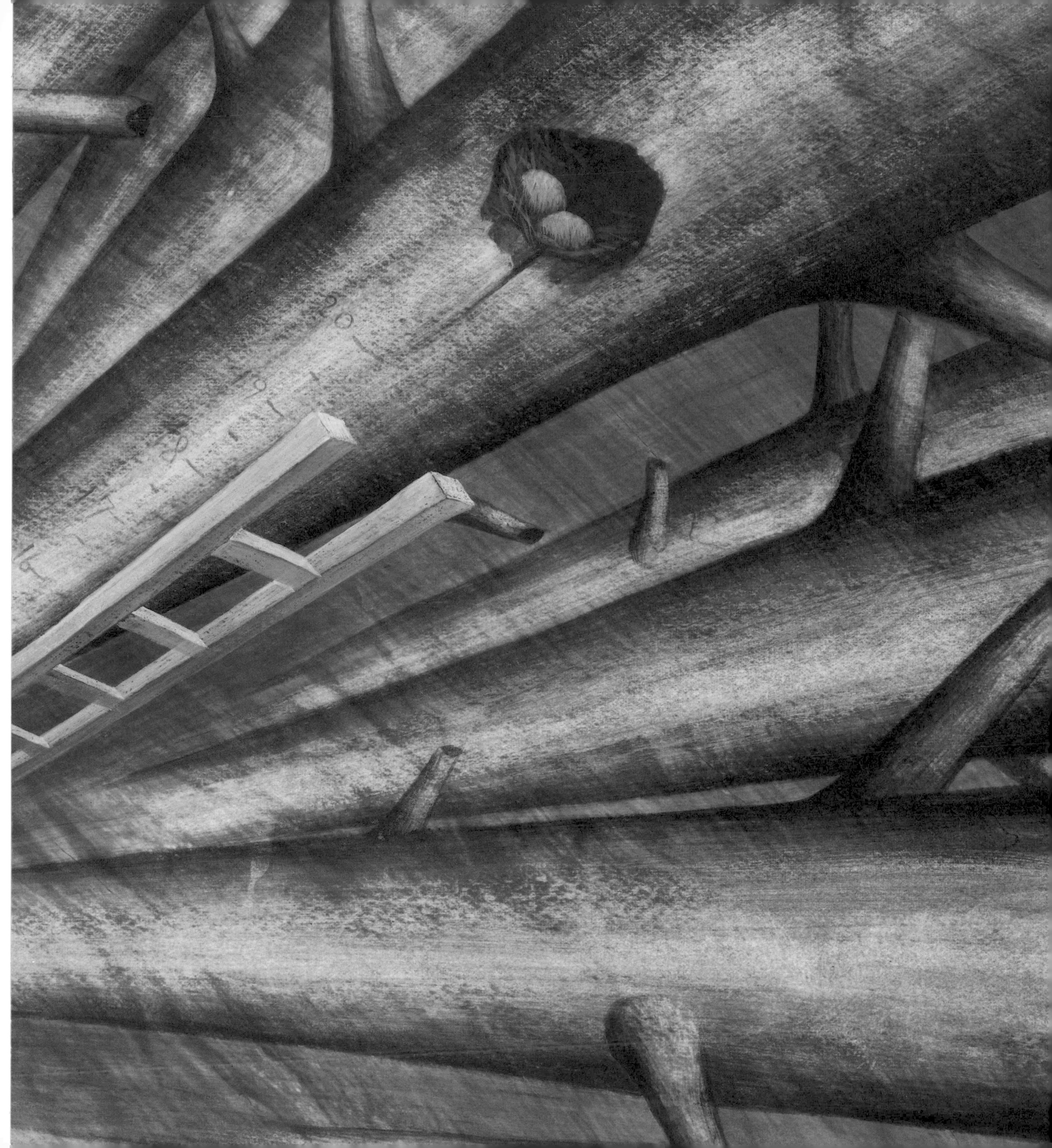

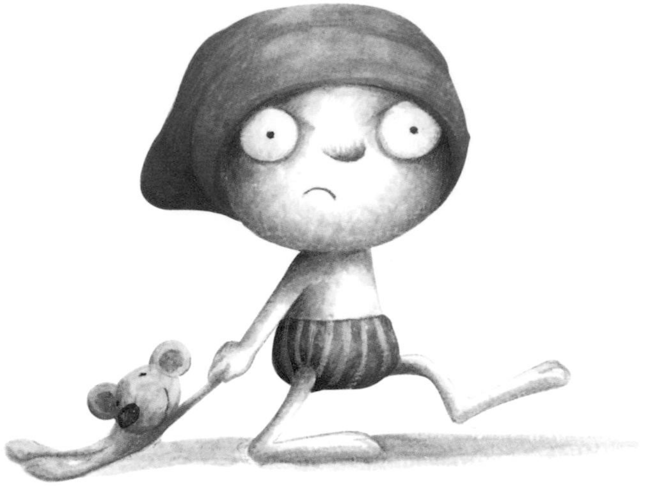

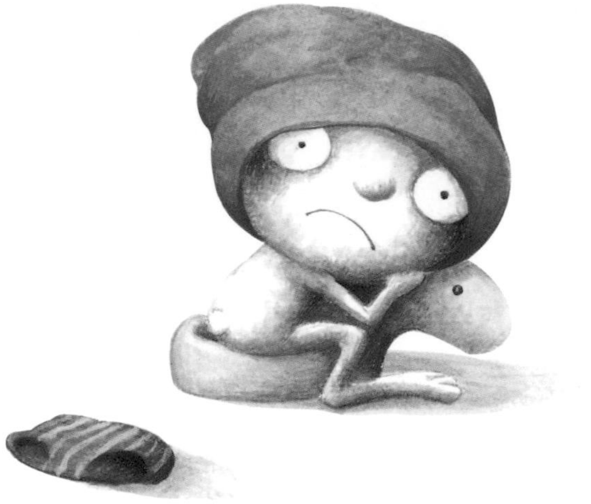

這會兒，冬冬真的生氣了。

他每天都戴著一頂厚厚的大帽子，把耳朵藏起來，

即使大熱天也不肯脫下來。

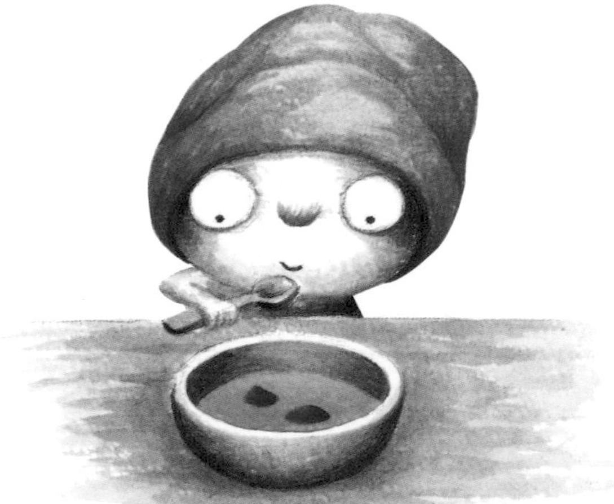

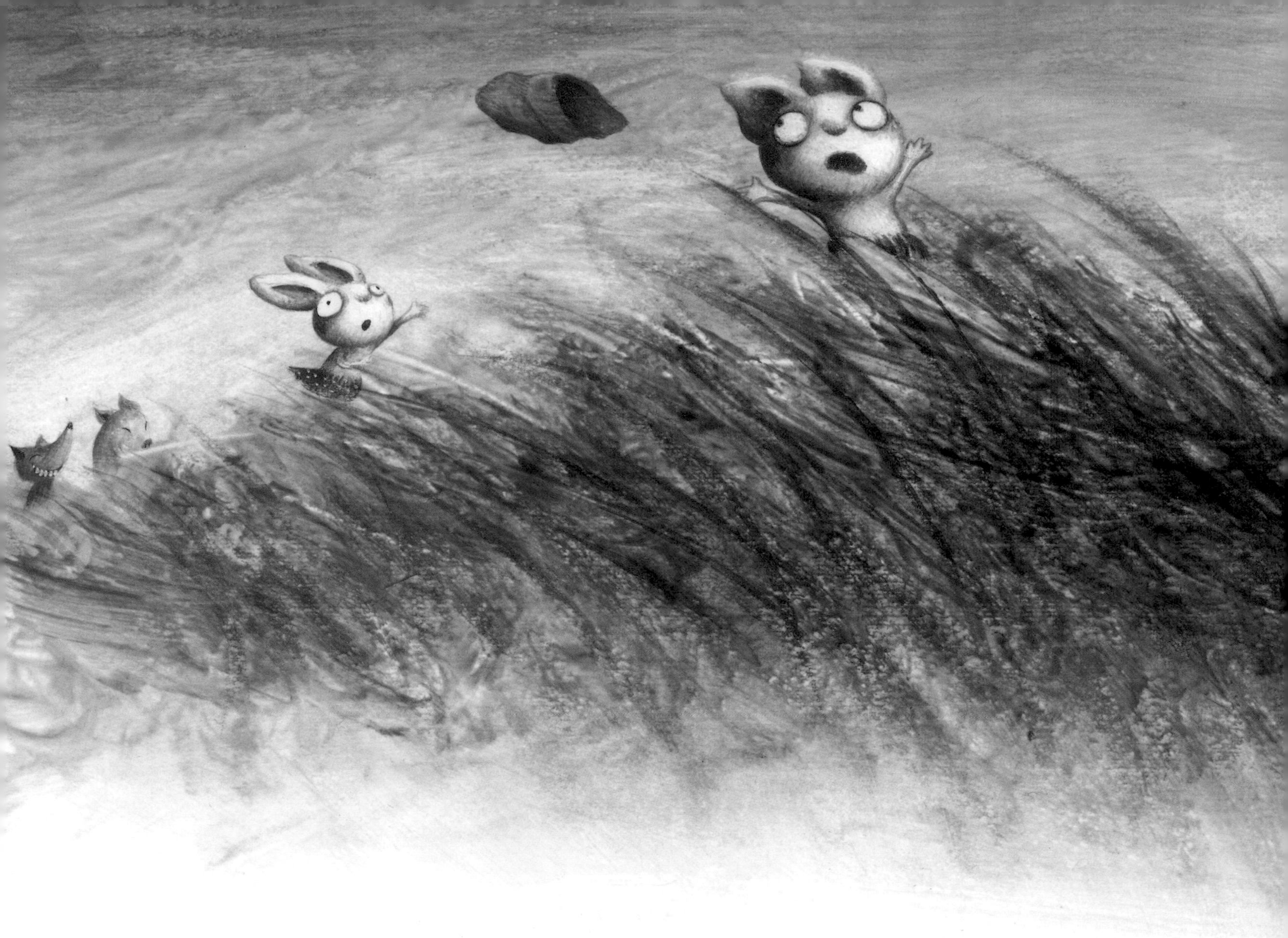

有一天，一陣大風把冬冬的帽子
吹到空中，飛得又高又遠。
草原上的小動物們指著他的耳朵哈哈大笑：
「好短的耳朵喔！」
冬冬摀著耳朵，像風一樣逃走。

蜜ㄇㄧˋ蜜ㄇㄧˋ把ㄅㄚˇ冬ㄉㄨㄥ冬ㄉㄨㄥ飛ㄈㄟ走ㄗㄡˇ的ㄉㄜ帽ㄇㄠˋ子ㄗˇ撿ㄐㄧㄢˇ回ㄏㄨㄟˊ來ㄌㄞˊ。

冬ㄉㄨㄥ冬ㄉㄨㄥ凶ㄒㄩㄥ巴ㄅㄚ巴ㄅㄚ的ㄉㄜ說ㄕㄨㄛ：

「雞ㄐㄧ婆ㄆㄛˊ， 誰ㄕㄟˊ要ㄧㄠˋ你ㄋㄧˇ多ㄉㄨㄛ管ㄍㄨㄢˇ閒ㄒㄧㄢˊ事ㄕˋ。」

他ㄊㄚ在ㄗㄞˋ鏡ㄐㄧㄥˋ子ㄗˇ前ㄑㄧㄢˊ面ㄇㄧㄢˋ大ㄉㄚˋ哭ㄎㄨ一ㄧˋ場ㄔㄤˇ，

然ㄖㄢˊ後ㄏㄡˋ對ㄉㄨㄟˋ著ㄓㄜ鏡ㄐㄧㄥˋ子ㄗˇ裡ㄌㄧˇ的ㄉㄜ自ㄗˋ己ㄐㄧˇ發ㄈㄚ誓ㄕˋ：

我ㄨㄛˇ要ㄧㄠˋ長ㄓㄤˇ出ㄔㄨ全ㄑㄩㄢˊ世ㄕˋ界ㄐㄧㄝˋ最ㄗㄨㄟˋ長ㄔㄤˊ、 最ㄗㄨㄟˋ白ㄅㄞˊ的ㄉㄜ耳ㄦˇ朵ㄉㄨㄛ。

該怎麼做？

冬冬衝進廚房，找出麵粉、
奶油、糖和幾顆蛋。

他學媽媽做麵包，
又打蛋、又和麵……

可是麵團不是太硬，就是太軟；
形狀也怪怪的，為什麼會這樣？

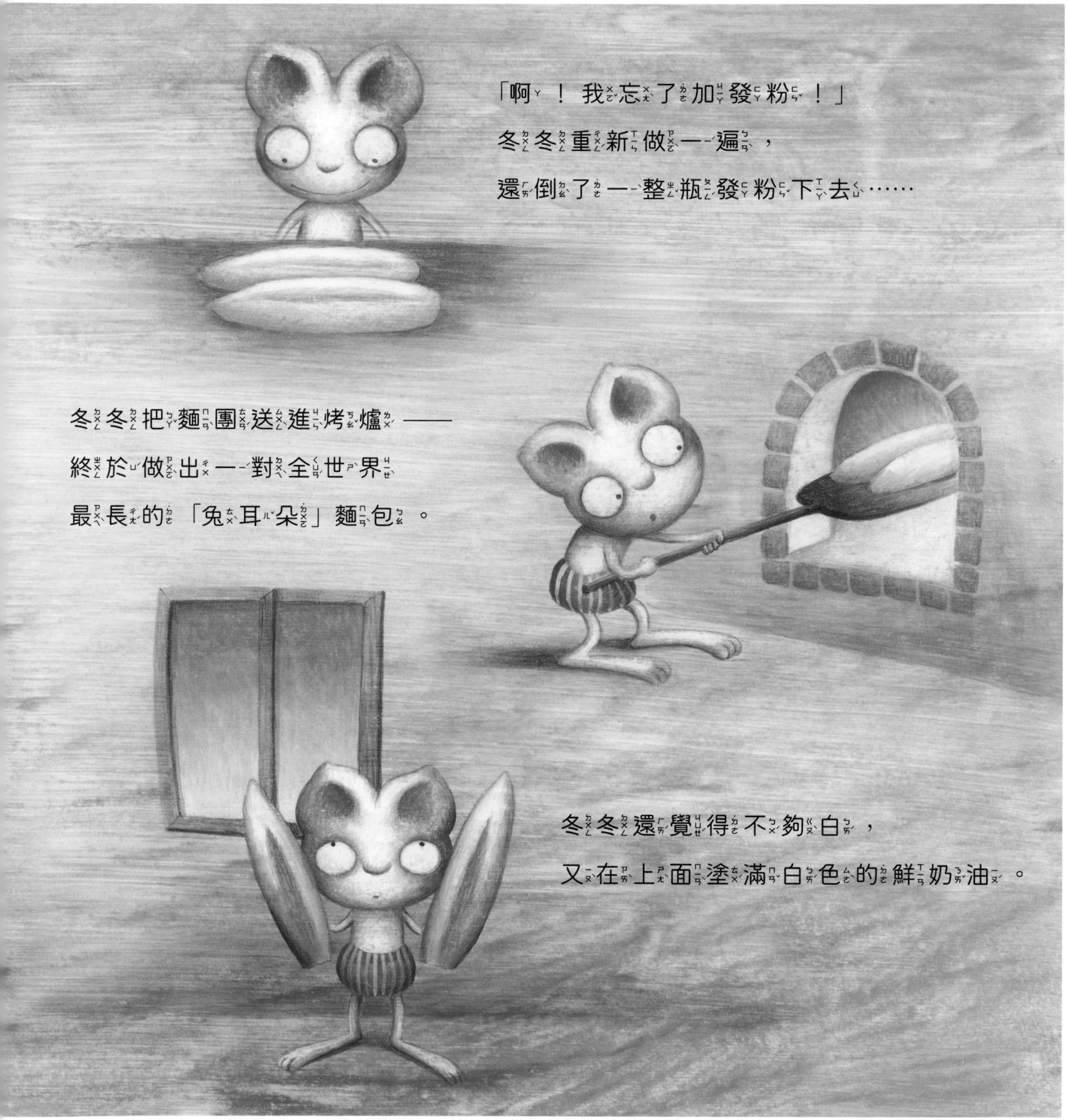

「啊ㄚ！我ㄨㄛˇ忘ㄨㄤˋ了ㄌㄜ加ㄐㄧㄚ發ㄈㄚ粉ㄈㄣˇ！」
冬ㄉㄨㄥ冬ㄉㄨㄥ重ㄔㄨㄥˊ新ㄒㄧㄣ做ㄗㄨㄛˋ一ㄧ遍ㄅㄧㄢˋ，
還ㄏㄞˊ倒ㄉㄠˋ了ㄌㄜ一ㄧ整ㄓㄥˇ瓶ㄆㄧㄥˊ發ㄈㄚ粉ㄈㄣˇ下ㄒㄧㄚˋ去ㄑㄩˋ……

冬ㄉㄨㄥ冬ㄉㄨㄥ把ㄅㄚˇ麵ㄇㄧㄢˋ團ㄊㄨㄢˊ送ㄙㄨㄥˋ進ㄐㄧㄣˋ烤ㄎㄠˇ爐ㄌㄨˊ ——
終ㄓㄨㄥ於ㄩˊ做ㄗㄨㄛˋ出ㄔㄨ一ㄧ對ㄉㄨㄟˋ全ㄑㄩㄢˊ世ㄕˋ界ㄐㄧㄝˋ
最ㄗㄨㄟˋ長ㄔㄤˊ的ㄉㄜ「兔ㄊㄨˋ耳ㄦˇ朵ㄉㄨㄛ」麵ㄇㄧㄢˋ包ㄅㄠ。

冬ㄉㄨㄥ冬ㄉㄨㄥ還ㄏㄞˊ覺ㄐㄩㄝˊ得ㄉㄜ不ㄅㄨˋ夠ㄍㄡˋ白ㄅㄞˊ，
又ㄧㄡˋ在ㄗㄞˋ上ㄕㄤˋ面ㄇㄧㄢˋ塗ㄊㄨˊ滿ㄇㄢˇ白ㄅㄞˊ色ㄙㄜˋ的ㄉㄜ鮮ㄒㄧㄢ奶ㄋㄞˇ油ㄧㄡˊ。

冬冬用麥芽糖把這對「兔耳朵」麵包
緊緊黏在頭上，得意洋洋的出門去。
「怎麼樣？我的耳朵很棒吧？」他對著蜜蜜把頭抬得高高的，
又長又白的耳朵在陽光下閃閃發亮。
蜜蜜覺得，冬冬好像戴著一頂華麗的白色王冠，
不過那是鮮奶油做的，不知道什麼時候會融化？

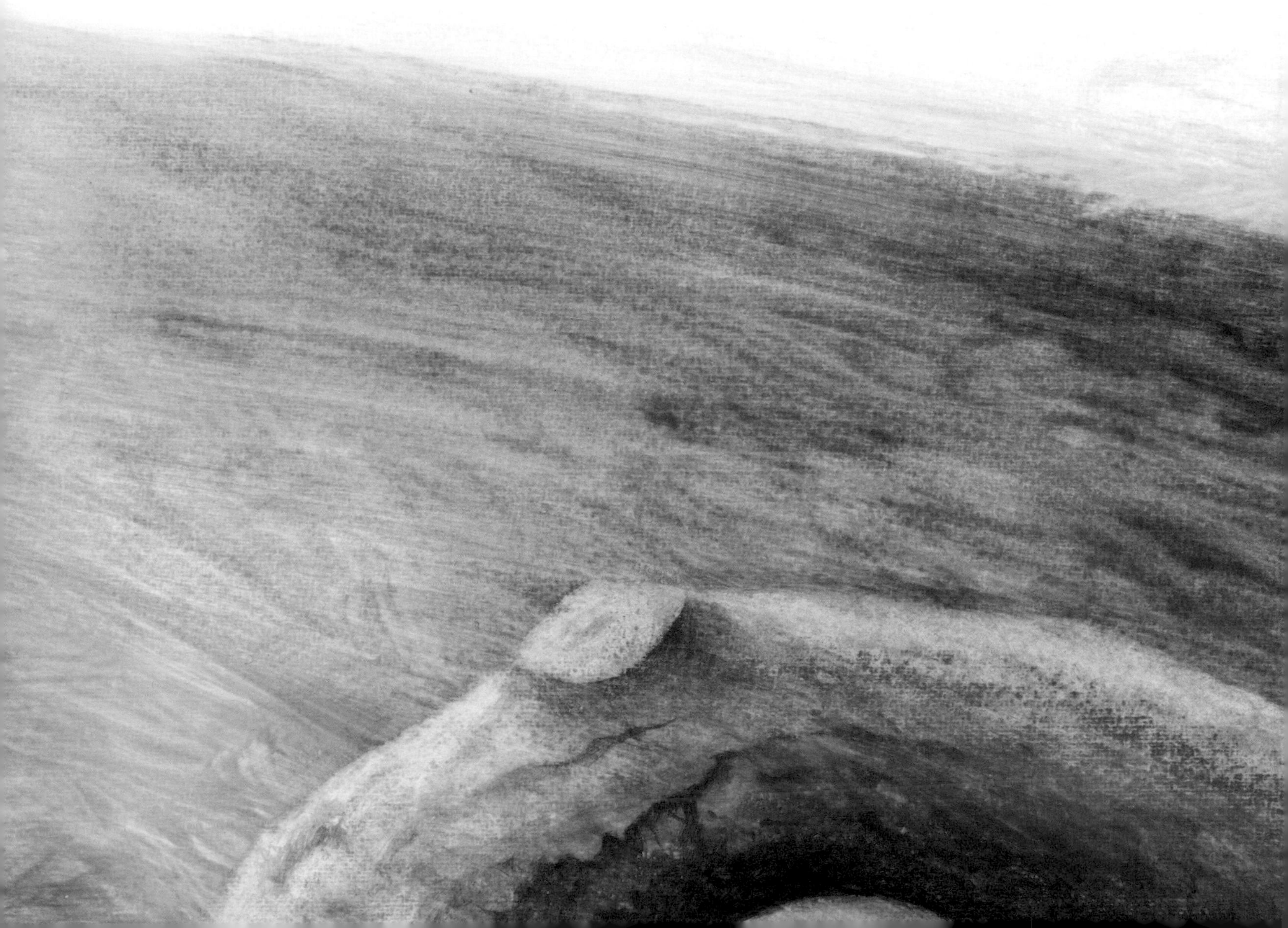

「老鷹來了！」蜜蜜拉著冬冬往前逃。
但是兩隻重重的大耳朵，
壓得冬冬跑不快、跳不遠，
眼看老鷹的爪子就要伸到他頭上。

「蜜蜜快跑！」冬冬大叫。
接著，他用力向上一跳，
故意往另外一個方向跑。
他頭上那兩隻又白又長的耳朵，
像兩個鮮明的路標，指示老鷹晚餐的方向。

老鷹俯衝下來，抓住冬冬的大耳朵，
「救命啊！」冬冬拼命掙扎。
喀嚓一聲，「兔耳朵」麵包斷了！

冬冬咚一聲掉到草地上，
他趕緊鑽進草叢中，
他的耳朵小小的、圓圓的、肥肥的，
就像兩朵小蘑菇。

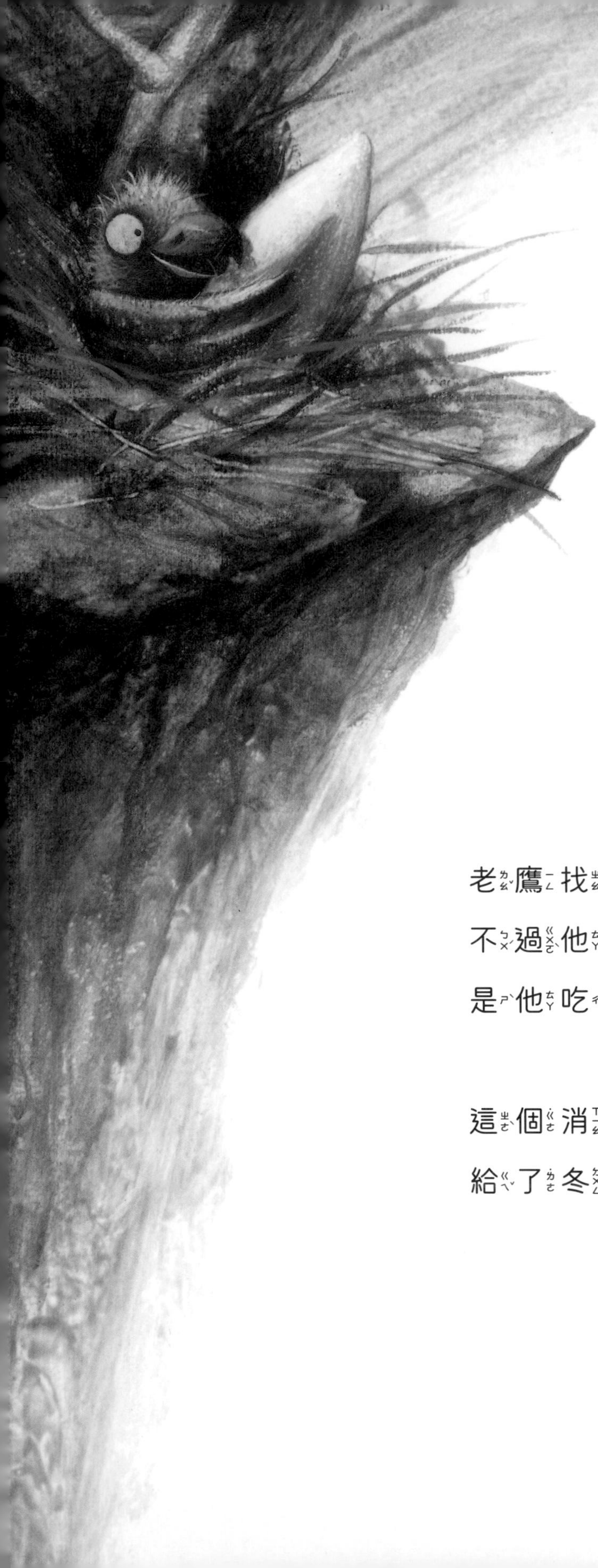

老鷹找不到冬冬，失望的飛走了。
不過他發現，冬冬的麵包耳朵，
是他吃過最好吃的兔耳朵。

這個消息一傳十、十傳百，
給了冬冬一個好主意！

他開始研發各式各樣新口味、
新造型的「兔耳朵」麵包給大家吃。

甚至還有老鷹外帶區，
提供老鷹們「抓了就走」的貼心服務。